Les arcanes d'une âme sensible

Mathieu Boullant

Les arcanes d'une âme sensible

Recueil

LE LYS BLEU
ÉDITIONS

ISBN : 979-10-377-6805-6

Nul ne peut atteindre l'aube
sans passer par le chemin de la nuit.

Khalil Gibran

Les âmes sensibles

Au lecteur

Les âmes sensibles sont si souvent blessées,
Qu'il n'y a guère plus qu'un beau paysage
Qui puisse encore les faire voyager
Comme des enfants devant une image.

Elles ont si souvent perdu leur chemin
En suivant des hommes qui n'étaient que chagrin ;
Elles furent tant de fois souillées de détresse,
Que le mensonge est devenu une promesse !

Elles sont de longs navires au milieu des mers
Peuplées de monstres, d'écueils et de corsaires,
Mais qu'importe ! Leurs vastes voiles gonflées par le vent
Résistent, solitaires, aux assauts incessants.

Et même si souvent la tempête fait rage,
Que viennent les embruns mouillés de tristesse,
Elles tentent toujours d'éviter le naufrage
Avec l'espoir d'atteindre des océans de tendresse !

L’ermite sous la lune

Les faucheurs

À mon grand-père

Regardez les deux faucheurs
S'en aller à l'aube naissante,
Profitant de sa fraîcheur
Pour rendre leur tâche moins pesante.

Ils flottent sur les prairies
Comme des fantômes bienfaisants ;
Leurs gestes réguliers et aguerris
Semblent rythmer le cours du temps.

Ils crachent dans leurs mains,
Puis entament leur travail comme une prière.
Leurs faux caressent la rosée du matin
Et le métal brille sous les rayons de lumière.

Ils bercent le vent dans les haies
Et la vie des fermes d'autrefois.
Ils parlent aux marguerites et aux genêts
Avec un accent coloré de patois.

Mais le soleil est déjà haut dans le ciel,
Il éblouit mes yeux tournés vers le soir.
Où sont donc les faucheurs aux gestes éternels ?
Sûrement des ombres qui habitent ma mémoire.

Les feux

Feux de cheminée ou de l'amitié,
Feux de l'hiver ou de l'enfer,
Inspirant peur ou délicate bonté.

Feux de Bengale ou des étoiles,
Feux éphémères ou mortuaires,
Symboles de magie et de respect.

Feux d'artifice ou d'édifice,
Feux de la terre ou des éclairs,
Alliant le danger et la beauté.

Feux fascinants et envoûtants,
Lorsque virevoltant sur leur proie,
Les flammes dansent dans le néant.

Souvenir du bord de mer

L'océan bleu du mois de juillet
Venait balayer la plage dorée,
Et les enfants, les yeux pleins de soleil,
Y trempaient leurs petits corps vermeils.

Au beau milieu de cet été tranquille,
Lorsque la marée était encore docile,
Les touristes aimaient se promener
En se laissant volontiers tremper les pieds.

Les vagues les caressaient voluptueusement,
Alors que les cheveux au vent,
Ils s'évadaient dans la profondeur de l'horizon,
Des embruns perlaient sur leurs fronts.

Le soir venu, ils abandonnaient leur mer,
Me donnant ainsi un avant-goût des soirées d'hiver,
Où la blanche écume qui pétille dans les airs
Cède sa place aux rouleaux gris de colère.

Les larmes de septembre

Septembre et sa suite envahissent mon cœur
Et déjà, sous cette emprise, j'ai perdu ma gaieté.
Je regarde par ma fenêtre la pluie tomber
Et les nuages gris qui passent et qui pleurent.

Ils s'accrochent désespérément aux antennes
Comme des enfants que l'on arracherait à leur mère ;
Sans doute ont-ils peur de rencontrer l'hiver,
Eux qui blancs l'été, s'emplissent maintenant de peine.

Ils voient défiler, pris dans une folle saison,
Des feuilles qui ont fini par jaunir
Et la vie dans les bosquets qui expire
En se couvrant d'un linceul brumeux à l'horizon.

Le paysage comme tous les ans s'endort,
Attristant le ciel, éteignant les lanternes,
Enfermant chacun d'entre nous dans une caserne,
Où le chant des gouttes sur les toits égaie cette petite mort.

Couleurs primaires

Noir, flaque luisante et sombre
D'une profondeur infinie,
Qui aspire aussi bien les ombres
Que le repos des esprits.

Rouge, lambeaux sanguinolents
Serpentant tels des « S » fiers,
S'épaississant au fil du temps
En brillant sous les lampadaires.

Bleu foncé, profond gouffre froid ;
Bleu ciel, délicat parfum d'été.
Couleur parfois synonyme d'effroi
Ou bien d'une subtile gaieté.

Jaune, liseré d'or de la mort
Qui borde les veillées funèbres,
Mais aussi symbole de trésors,
De soleil et de rois célèbres.

Blanc, enfin la délivrance !
Dualité pureté néant,
Lorsqu'il reflète l'innocence
Ou un grand vide désolant.

Ombre et lumière

Mon cœur trop lourd s'est crevé,
Libérant les flots écumeux du passé.

La vie et la mort m'écartèlent,
La joie et les remords me harcèlent.

Sûrement est-ce l'heure des bilans ?
Je revois surgir mes sourires d'enfant,

Des visages s'endormir sur des lits d'hôpital
Et septembre qui rendit mon espoir tout pâle.

Jadis, il m'arracha tant de larmes
Quand il m'abandonna seul, sans arme.

Mes heures sombres y reposent à jamais !
Pourtant chaque fois que le soleil paraît,

En levant les yeux je le remercie,
Et des voix familières me crient : vis ! vis ! vis !

Le spectre de l'hiver

Au loin, la bête féroce accourt,
Tandis qu'un vent froid siffle dans les cours.
Les portes qui claquent dans la nuit
Comme des tic-tac ahuris,
Tremblent devant les silhouettes fantomatiques
Des âmes du jardin maléfique.
La campagne est emplie d'effroi,
Pétrifiée par cette inquiétante voix,
Qui tous les ans annonce
L'arrivée des longues soirées de semonce,
Où les cauchemars et les cris furieux
Tiendront nos corps apeurés près du feu.

Les acacias

Les grands acacias du jardin
Ont bercé toute mon enfance.
Dressés vers le ciel, ils sont les témoins
Immortels de mes joies et mes souffrances.

Profondément enracinés et éternels,
Ils ont résisté aux caprices de ciel.
Les soirs d'été, le soleil rouge orange
Illumine leurs feuilles cousues d'anges.

Un souffle de magie et de respect
S'émane de ses deux gardiens,
Qui m'ont vu plein de regrets
Et m'ont pris par la main.

L’automne en embuscade

Déjà dans le paysage lointain
Se dessinent les signes de la fin.
Des processions de nuages noirs
Attendent en silence la victoire.

Dans les champs, l’herbe qui reverdit
Témoigne des derniers instants de répit
Avant que nous assomment
Les assauts de l’automne.

La chaleur et le calme étouffants
Laissent leur place au petit vent,
Qui doucement agite
Les feuilles dorées et cuites.

Et partout à l’horizon,
On ne voit plus la trace des moissons
Qui, comme les papillons dans leur danse,
Nous disent : l’été tire sa révérence.

Jugements et injustice

Peuple servile

À perte de vue se dressaient
D'immenses et malades forêts,
Dont les cimes pétrifiées
Baignaient dans une poisseuse fumée.

Les cerveaux pris dans cette brume,
Entre la masse et l'enclume,
Subissaient un martelage sans fin
Qui leur forgeait un « droit chemin. »

Leur bourreau, informe, voluptueux,
Dès l'enfance leur masquait les yeux,
Puis avec l'âge les élaguait.
De cette façon, ils lui obéissaient.

Adultes, les pauvres malheureux
Se réfugiaient sous des airs joyeux.
Il ne restait de leur jeunesse déchue
Que des troncs droits et vermoulus.

Pourtant, plus haut, sur les collines,
Dans une trouée de soleil divine,
S'illuminaient quelques arbres de couleurs
Comme des îlots préservés du malheur.

À l'abri du façonneur de pensées,
Ils avaient profité de leur liberté,
Explorant de leurs longues branches
La sagesse des perles blanches.

Quand le jour se lève

Lorsque tôt le matin, des rayons obliques
Viennent réchauffer le glacial gazon,
Laissant encore çà et là les ombres hypnotiques,
Où l'herbe blanchie attend sa fin avec raison,

J'aperçois, dans le lointain écumeux,
Se traîner des formes à demi réveillées,
Qui dans le brouillard de leur cœur frileux,
Ont du mal à ouvrir leurs yeux blasés.

C'est l'heure où les rêves se brisent sur les oreillers,
Ouvrant ainsi des plaies douloureuses
Dans les âmes envahies par la réalité
Et les tourments d'une journée furieuse.

Des hommes, épuisés par les banquets nocturnes
Rentrent brisés, le visage tiré par les excès ;
Tandis que des femmes, résignées et taciturnes,
S'écroulent dans des lits aux draps froissés.

Les débauchés vont maintenant se faire oublier ;
Des êtres aigris, vides de sentiments
Rejoignent le travail en traînant les pieds,
Alors que l'aube pâle s'avance lentement.

Superficiel

J’en ai connu de jeunes filles magnifiques
Exhalant des parfums tels des encensoirs,
Qui pour vanter au monde leur beauté angélique,
S’attiraient des garçons la faveur d’un regard.

Elles les embaumaient d’envies et de désirs,
Les plongeaient dans leurs grands yeux pétillants,
Et ils se noyaient dans la fièvre du plaisir,
Imaginant les jeux les plus enivrants.

Et quand ces demoiselles cédaient aux avances,
Succombant pour quelques minutes à la tentation
D’être enfin chéries, les garçons de circonstances
Les possédaient dans une étreinte sans passion.

Puis bien vite, dans un verre, ils les oubliaient.
Elles, toujours à la recherche d’idylles charnelles,
S’envolaient telles de fragiles colombes de paix
Éprises de liberté et de pensées infidèles.

Alors, elles posaient leur innocence
Sur de beaux cavaliers en quête d’amour,
Qui dévoués à leurs tendres doléances,
Leur improvisaient des romances d’un jour.

Aujourd’hui, je reconnais sous des traits vieillis
Celles qui, hier, consommaient leurs jeunes années.
Leur beauté, leur regard, leurs plaisirs se sont taris
Comme si de tout sentiment, elles avaient expié.

La mort des clochards

Dans les ruelles étroites et sombres,
Où pleurent les façades salies,
Titubent les pauvres ombres
De vieux bougres malades et amaigris.

Ils se couvrent de leurs haillons sanglants
Dormant au-dessus des bouches de l'enfer,
Regardant cette lune brillante d'argent
Qui plonge leur cœur dans un ténébreux hiver.

Trouvant refuge dans la pénombre
Comme des fantômes cherchant le repos,
Ils craignent que résonne une voix d'outre-tombe
Venant les délivrer de leur miséreux berceau.

Sans répit, la peur hante leur sommeil,
Lorsque soudain, l'envoyé des cerbères
De sa voix surgit des profondeurs de la terre,
Leur glisse dans le creux de l'oreille :

« Je t'emporte avec moi âme en peine. »
Le froid, bourreau en armure glacée,
S'avance alors à pas lourds et saccadés
Pénétrant lentement ces formes humaines.

Terrifiés, les yeux noyés dans les larmes,
Ils fixent, impuissants, le noir chevalier en armes,
Qui fige leurs corps, libérant leurs âmes
De la torture et des douleurs infâmes.

Du paradis aux enfers

Le cynisme, c'est connaître le prix
de tout et la valeur de rien.

Oscar Wilde

Le ruisseau est orphelin
Et son lit abrite son chagrin.
Fini, frémissements d'hier,
Qui accompagnaient ses hivers !

Terminés, chants légers,
Qui égayaient ses étés !
Maintenant il serpente, solitaire,
Ses rives baignées par la misère.

Adieu, couronnes de grâce,
Qui frissonnaient sous la glace ;
Feuilles aux couleurs chaudes,
Qui ornaient les printemps émeraude.

Maintenant un silence de mort
S'est installé sur le chant des oiseaux.
Quel sera demain le sort,
De ce ruisseau, jadis si beau ?

Je plains tous ces êtres hébétés
Pour qui la beauté à un prix,
Et qui ont massacré les peupliers
De ce qui fut jadis, un coin de paradis.

À petit feu

Sur des collines au teint sombre,
Qu'étouffe un brouillard livide,
J'aperçois encore les quelques ombres
De mains tendues vers le vide.

Comme des appels au secours dans le noir,
Qui ne trouvent personne pour les écouter,
Leur plainte muette du désespoir
Se perd dans cette nature dévastée.

Ma chère campagne se meurt,
Doucement elle succombe,
Des hommes sourds creusent sa tombe,
Pourtant, je l'entends qui pleure.

Les mélancoliques

Ils peignent leur vie de couleurs tristes
En mêlant les regrets à leur joie,
En éteignant l'espoir dans leur voix,
Dévoilant ainsi leurs âmes fatalistes.

Leur moral ne cesse de vaciller,
Telle une chandelle fragile,
Et ils errent dans un monde fébrile,
Où en un éclair, tout peut s'effondrer.

Ils ondulent sur des flots incertains,
Qui parfois les bercent de souvenirs,
Puis les chahutent sans retenir,
Exhumant à nouveau leur chagrin.

Comme des magiciens monotones,
Ils métamorphosent la gaieté
En un bonheur sans intérêt,
Qui toujours dans leur cœur résonne.

Alors, ils s'angoissent du moindre problème
Et leur existence devient une épreuve.
Leur absence de confiance en est une preuve.
Peut-être demandent-ils qu'on les aime ?

La tache rouge

Une tache rouge sur le vert du jardin
Embellit le voile gris de la brume,
Qui lentement s'évapore le soleil levé,
Comme des cheminées le matin fument
Dans des tourbillons du bois défunt.

Une tache rouge dans l'horizon s'effiloche
En laissant tomber des lambeaux orangés.
Doucement, le jour embrasse la nuit bleutée,
Alors, elle range les étoiles dans sa poche
Et s'en va pleurer dans le flou de ses rêves dorés.

Une tache rouge partout s'immisce,
Dans les moindres recoins oubliés,
Dans les champs, les rues, les souvenirs.
Elle ravive dans nos esprits fatigués
Nos espoirs qui parfois s'évanouissent.

Le neuf d'épée

La vie

Vivre ! Vivre ! Telle est notre destinée !
Toujours regarder devant soi
Pour faire vers demain un nouveau pas,
Avec pour souci de ne pas trébucher.

Alors on file à toute allure
Sur les rails posés par la vie,
Semée de bonheur et de soucis,
De tranquillité et d'aventures.

Mais parfois dans les gares,
Descendant de wagons noctambules,
Il arrive qu'un passager vous bouscule.
Vous vous retournez pour le voir.

C'est une amie en robe de mariée,
Votre enfance, le parfum des blés,
Votre fête d'anniversaire
Ou le sourire d'un être cher.

Bien vite, malgré vos appels, les images fuient.
C'est absurde, sadique, pourquoi cela ?
Elles vont ainsi fantômes dans le froid
Se fondre dans la fumée et la suie.

Les voitures de votre passé se détachent.
Gesticuler, pleurer n'y changerait rien.
La montre du mécanicien conduit ce train
Et la faux du contrôleur s'y attache.

Lassitude

J'aurais toutes les raisons d'être heureux
Et pourtant ce soir tout m'est amer ;
Et ni la nuit ni un chant joyeux
Ne sauraient consoler mon cœur solitaire.

Il est devenu si vide et si blasé,
Que rire et tristesse lui sont égaux.
Il erre telle une vieille coque fêlée,
Où viennent s'infiltrer des larmes d'eau.

Doucement, il s'abandonne à l'ennui.
Sans aucune résistance, il sombre
Comme une lampe qui s'affaiblit,
Puis s'éteint dans l'indéfini de l'ombre.

Il ressemble à un vaisseau sans attache,
Que les marins auraient déserté
Avant que les voiles ne s'en arrachent,
Le livrant au hasard des marées.

Bercé par un clapotis monotone,
Le sommeil se profile dans l'obscurité.
J'entends encore quelques glas qui sonnent
Parmi les heures tardives qui vont m'emporter.

Nostalgie d'étudiant

Lorsqu'en sortant tard le soir
Je cède à mes humeurs nostalgiques,
Je m'en vais errer dans des couloirs
Où habitent mes souvenirs antiques.

J'entre dans la salle de cours
Où les tables semblent m'attendre,
Depuis longtemps, il ne fait plus jour
Et les voix ne se font plus entendre.

Les élèves ont déserté les lieux,
Laissant le silence s'installer à leur place.
Lentement, je m'avance, l'esprit vaporeux,
Parcourant du regard tout l'espace.

Je m'assieds sur la chaise que j'occupais,
Puis je libère les fantômes du passé :
Les murs s'illuminent, je revois dans l'imparfait
Des visages, des rires et des larmes s'envoler.

Bien vite, les souvenirs me montent aux yeux.
Je retiens le temps, mais il m'éloigne sans pitié ;
Je tends la main, mais je m'éveille seul et déjà vieux ;
Les bâtiments sont redevenus vides et désolés.

Alors je me lève, déçu devant cette triste réalité.
Dehors, la nuit a encore pris de l'ampleur ;
En sortant, je regarde la porte se refermer.
C'était ici hier, c'était aussi ailleurs.

Comédie

Ce soir je n'ai rien à dire,
Mais crois-tu que ce soit la vérité ?
Ou penses-tu que j'essaie de mentir,
Car peut-être ai-je peur de parler ?

Souvent les mots déguisent la réalité.
Complices fidèles des comédiens,
Ils les aident à dissimuler
Leurs pensées et leur chagrin.

Seulement, l'usure finit par les conquérir,
Les hordes baveuses leur donnent la nausée.
Leurs cris insanes les font vomir,
Alors ils se cachent, découragés.

C'est horrible de parler avec son cœur,
D'y mettre tous ses espoirs, sa confiance,
Pour se voir poignarder dans la douleur
D'un rire traître, suprême déchéance.

Ainsi, ils vivent avec leurs secrets !
Mais pourquoi n'ai-je toujours rien à dire ?
Qu'importe ! Continue à souffrir sous ce fouet !
Ce poème est un énorme soupir !

Taedium vitae

Je traîne la douleur dans mon corps squelettique
Comme le bagnard traîne à son pied un boulet,
Et lorsque je crois enfin m'en être séparé,
Dans une brusque colère aussitôt elle rapplique.

Elle grandit alors dans une vague de désespoir,
Éteignant mes paroles, faisant briller mes yeux
Dans d'infinis tourbillons de cendres et de feu,
Où se débattent mes pupilles ténébreuses et noires.

Je cherche dans des regards la chaleur qui manque au mien,
Mais où j'ai cru voir, mon bonheur s'est envolé.
Je suis las d'attendre la délivrance espérée,
Peut-être dois-je m'adresser à celle que l'on craint.

Dis-moi Dame en noir, saurais-tu me consoler ?
Serais-tu capable de me donner le repos ?
De me soulager à jamais de tous mes maux,
Pour qu'enfin, je puisse atteindre la liberté ?

Je te demande d'aimer l'ombre de quelqu'un,
Mais de grâce, ne le fais pas par pitié.
Aime-moi, même si je suis un pauvre gars paumé !
Alors peut-être un soir te donnerai-je la main.

L’abîme

Je souffre au jour le jour,
Tremblant devant l’inconnu
Comme ces femmes sans amour
Qui déambulent dans les rues.

Qui a ainsi rompu mon destin,
Destitué tous mes beaux rêves,
Qui peuplaient mes contes enfantins,
Avant que des monstres ne se soulèvent ?

Oubliées mes quelques rimes désuètes !
Mes journées d’enfer sont mornes.
Plus de fantaisies et de paillettes,
De troubadours et de licornes.

Et toi, ma Nuit si chère,
Quel est cet être malhonnête
Tout droit sorti de ma chair
Qui t’a bâillonné, et rendu muette ?

Jadis, je sentais la chaleur de tes soupirs
Glisser sur des larmes de bonheur ;
Mais à présent, je ne fais que dormir,
Le petit matin réveille toutes mes aigreurs.

Suis-je malade, drogué, ou dépressif ?
Je sens toute mon ardeur me fuir.
On m’a ouvert les veines avec un canif
Et mon avenir s’écoule à n’en plus finir.

Post mortem

Quand tes longs cheveux argent
Viendront danser le soir venu
Dans les sillons que creusent les ans,
Depuis longtemps je ne serai plus !

Dans le chaos de mes rimes déchues,
Mon âme ne me causera plus de mal.
Je ne serai plus qu'un squelette étendu
Sous le marbre d'une vieille dalle !

Dois-je craindre ma fin par avance
Et te demander de me couvrir de baisers ?
Sans joie, sans peine, sans existence,
Je n'aurai plus d'amour à implorer.

Drapé dans mon linceul pour l'éternité,
Sans peur du paradis ou des cerbères,
J'épouserai une inconsciente liberté
Sevrée des malheurs de cette Terre.

Et toi, tu te souviendras de ce garçon étrange
En regardant finir ta vie dans le ciel bleu.
N'oublie pas que je ne suis pas un ange,
Ce que tu vois, c'était la couleur de mes yeux !

Les adieux

Je m'en irai au crépuscule d'un soir,
Laissant derrière moi les journées du passé
S'enfouir dans le fouillis de ma mémoire
Parmi des lambeaux de souvenirs égarés.

Je pose une dernière fois mon regard songeur
Sur les murs de ma chambre, morne et anonyme,
Depuis que j'ai rangé les battements de son cœur
Dans de vieux cartons, que les années oppriment.

Puis je contemple, bercé par la nostalgie,
Le soleil qui sombre dans le temps écoulé,
Inondant de couleurs le parc et la prairie,
Qui du renouveau du printemps se sont ornés.

Le présent est parcouru par d'infinis frissons
Et dans ma tête se succèdent de bien belles images,
Évoquant mes amis, mes ennemis, des prénoms,
Qui désormais rejoindront de flous paysages.

Je sais que tous mes sentiments éclateront
Comme des vases de cristal à la beauté fragile
Et que les milliers d'éclats se disperseront
Allumant ainsi des constellations séniles.

Confessions

La chose la plus terrifiante,
c'est de s'accepter soi-même complètement.

Carl Jung

J'ai toujours admiré des fleurs dont la corolle
Était inaccessible.
J'ai toujours aimé de belles idoles
Dont l'amour était impossible.

Je suis le médiocre, tapi dans l'ombre du monde,
Jetant un œil admiratif
Sur tant d'idéal, de beauté, de Jocondes,
Qui brillent dans mes rêves contemplatifs.

Je suis l'éternel maladroit ignoré
De ses muses,
Qui regardent dans la lumière les papillons volés
Et que l'indifférence use.

La voix du guide

Amours timides

N'avez-vous jamais aimé une femme,
Dont la seule vue vous désarmait ?
Votre cœur succombait à ses flammes,
Alors que vous restiez immobile et muet.

Toute votre âme en silence souffrait
Et son image flamboyait dans vos yeux ;
Et même, si la passion vous poussait,
Vous vous cachiez dans l'ombre, bien trop peureux.

Le soir venu, à la lumière d'une bougie,
Couché sur le divan, la tête dans les étoiles,
Vous imaginiez sa silhouette assombrie
Dans la pâle lueur d'un lustre de cristal.

Même dans votre sommeil, elle vous poursuivait,
Chaque instant, vous ne pensiez qu'à elle.
Vous la regardiez, elle vous souriait,
Mais, loin de vous, elle semblait bien irréelle.

Ainsi votre timidité vous condamnait
À adorer un rêve toute votre vie ;
Et chaque seconde elle vous le rappelait,
Balayant toute trêve de votre esprit.

Oui lecteur ! Je sais que cela fait mal
D'avoir la femme qu'on aime en face de soi
Et de jouer l'hypocrite sentimental,
Alors qu'on voudrait la serrer dans ses bras !

Imaginaire

Du haut des falaises, j'ai vu les verts, les bleus
et même les gris pourtant si lumineux.

Bien que parfois, tu me fusilles
D'un regard qui se voudrait méchant,
Moi, je ne vois que deux brasiers qui brillent
Comme des étoiles sur l'océan.

Et je reste là des heures durant
À contempler la pureté de l'eau,
Me laissant porter par les courants,
Le vent ou le clapotis des flots.

Alors glissant sur l'onde, dérivant
Vers le grand large teinté de vert,
Je devine dans l'horizon encore naissant
Deux phares dressés éclairant la mer.

Ils me scrutent, cherchent à me découvrir,
Et malgré mon envie de fuir loin d'eux,
Vaincu, je m'abandonne sans retenir ;
Cédant aux caprices de leur jeu mystérieux.

Alors me brûlant un peu plus chaque fois,
Je m'approche de ces feux qui m'attirent.
Je me demande quel secret se cache là,
Et que, pudique, tu n'oses me dire.

Insomnie

Cela fait plusieurs longues nuits
Que j'attends étendu sur le drap.
Mon doux sommeil m'a fui,
Vais-je enfin savoir pourquoi ?

Parcourant les méandres de mon esprit
Hanté par des présences familières,
Je devine la cause de mes insomnies :
Une esquisse aux formes singulières.

Une silhouette féminine s'avance
Dans la pâle clarté du mois de mai ;
Ses cheveux dorés trahissent sa différence :
Un anneau d'argent que je reconnais.

C'est donc toi, exquise Marie,
L'or et la misère de mes pensées !
Depuis que je me suis lâchement enfui,
Tu retiens mes rêves prisonniers.

Au fil des jours, je deviens fou et maladroit,
Aspiré par de profonds abîmes de lumière ;
Et déjà sous l'éclat du métal de tes doigts,
Ton empreinte s'est gravée dans mes prières.

Et s'il me faut partir ainsi à la dérive,
J'irai sans résister, je le ferai pour toi,
Jolie blonde de mes nuits maladives,
Fantôme adoré de mon cœur tout froid.

D'un ballon bleu

Si terrible que soit la vie, l'existence de l'activité créatrice sans autre but qu'elle-même suffit à la justifier. Le jeu, évidemment, paraît, au premier abord, le moins utile de nos gestes, mais il en devient le plus utile dès que nous constatons qu'il multiplie notre ferveur et nous fait oublier la mort.

Elie Faure

C'est un grand ballon de verre
Où sommeille un liquide coloré ;
Un décor devenu ordinaire
Où quelques bulles viennent se baigner.

Pourtant, par-delà cette vue matérielle
Où chacun regarde sans voir,
Se cachent des choses bien plus belles
Lorsque l'imagination s'en empare.

Elle voyage au gré de ses humeurs,
Puisant dans notre sensibilité,
S'inspirant des bruits et des odeurs,
Métamorphosant la réalité.

Tout ce qu'on peut y ressentir,
Tout ce qu'on peut y faire :
Tristesse, gaieté, larmes, sourires.
À chacun son propre mystère.

L'important, c'est de contempler,
Tel qu'il nous plaît, mais avec le cœur ;
De cueillir les plaisirs suscités
Et de savourer un instant de bonheur.

Voilà comment un simple objet
Vous offre ce que vous avez mis en lui.
Tel un miroir, il reflète les pensées.
Il en va ainsi des choses de la vie.

Les enfants de la nuit

Ils ne sortent que lorsque le ciel s'est drapé d'étoiles,
Mariant l'idéal de leurs rêves à l'immensité glaciale,
Où leurs corps deviennent si fragiles et petits,
Qu'il ne subsiste que la profondeur de leur esprit.

Ils contemplent des astres lointains et millénaires
Suspendus au pinacle de l'univers,
Qui s'unissent au brillant des lampadaires
Pour leur offrir cette pâle et belle lumière.

Cette délivrance tout le jour espérée,
Ce monde vidé de toute sa brutalité
Où toutes les fantaisies leur sont permises
Et sur lequel aucun jugement n'a d'emprise.

Pour eux, c'est l'ouverture sur la liberté,
D'une trop vive clarté ainsi protégée,
Où enfin leur imagination s'épanouit
Au milieu du silence complice de la nuit.

Ils s'évadent alors, s'inspirant hors de l'ombre,
Où s'envolant dans un paradis sombre

Qu'un rayon de lune distrait a oublié
En jouant à cache-cache avec l'obscurité.

Ils se plaisent dans cette vie sans uniformité,
Dans ce temple où tout leur est dédié
Où ils savourent chaque émotion suscitée
En laissant leur âme d'enfant s'en imprégner.

L'amoureux éperdu

À Toi

Ô toi que voilà, pure comme la neige,
Tu fuis, alors que va poindre le soleil,
De peur que tous ces êtres assis sur leur manège
Te montrent du doigt et brûlent tes merveilles.

Pourquoi t'imposes-tu toujours la méfiance
Et les cieux de silence où tu trouves refuge ?
C'est que là-haut personne ne trahit ta confiance,
Personne ne te déçoit, ne te blesse, ni te juge.

Pourtant un jour de tempête, j'ai vu dans tes yeux
Les couleurs du bonheur figées dans la glace.
J'aurais tant aimé y allumer un grand feu,
Mais mon cœur tremblait dans sa carapace.

Il lui a fallu si longtemps pour trouver la clé,
Qu'il est aussi las et fatigué que le tien ;
Mais aujourd'hui une flamme vient le réchauffer
Comme le jour nouveau illumine le matin.

Ah ! Que tu voudrais que rien ne soit sûr,
Toi en qui pourtant j'ai laissé un peu de moi !
Tu doutes par tes pourquoi, tu jures par tes blessures,
Alors écoute ton cœur, écoute ce qu'il dit tout bas.

Parlons de Toi

Il y a des instants qui nous ont fait rêver
Et pour lesquels on souhaiterait tout donner
Pour en savourer encore les parfums,
Vastes odeurs flottant dans le destin.

Il y a tous les instants à venir
Pour lesquels on souhaiterait vieillir,
Afin de supplanter à l'impatience
L'heure jouissive de la délivrance.

Il y a tous les instants que l'on prépare
En y mettant du cœur et de l'espoir,
Dont on parle des mois à l'avance,
Puis qui sombrent dans l'évanescence.

Très vite toute trace est happée
Dans le labyrinthe du temps passé.
Si on a réussi, on regrette hier,
Si on a échoué, la défaite est plus amère.

Alors on attend, on continue d'attendre ;
Mais si on ne sait quoi, on se lasse d'attendre.
Qui, quand, pourquoi, moi je ne sais plus.
Mais toi, au fait, qu'attends-tu ?

Sous-entendus

On se frôle discrètement du bout des yeux,
On se cherche sans fin par des regards futiles
Qui s'effacent devant nos airs sérieux,
Où la moindre intention semble stérile.

Est-ce par pudeur, est-ce par timidité ?
Ou bien est-ce encore par excès de fierté
Que l'on hésite à montrer sa tendresse,
De peur d'avouer une quelconque faiblesse ?

Ou alors, est-ce parce que l'on ose y croire ?
Moi, ruinant tous mes semblants d'espoir
Dans des contes impossibles et merveilleux ;
Et toi pensant que je suis déjà trop vieux.

Pourtant, loin de toi, tout mon être me fuit
Et le silence devient peu à peu un ennemi,
Se jouant de l'agonie ou narguant le bonheur,
Alors pourquoi ne se dit-on pas ce qu'on a sur le cœur ?

Reflets

Dans les creusets profonds de ton regard,
Que soulignent tes paupières fardées,
Se dissimulent de capricieux miroirs,
Où se reflètent les secrets de tes pensées.

Au hasard des jours comme dans un livre,
J'y ai puisé mes soleils et mes orages,
Telle une âme ombrageuse et ivre
S'inspirant du feu crépitant de tes images.

J'ai découvert dans cette subtile alchimie
Des sortilèges couchés sur ton grimoire,
Qui ont ravivé comme une soudaine prophétie,
Les braises moribondes de ma mémoire.

J'ai effleuré tes enfers sans les apaiser,
Vu naître l'aube sur tes espoirs ténus,
Et le verbe aimer caché au fond de l'encrier
Comme un philtre qui m'était défendu.

Immortel

C'est que l'amour est comme un arbre,
il pousse de lui-même, jette profondément
ses racines dans tout notre être, et continue
de verdoyer sur un cœur en ruine.

Victor Hugo

Au fil du temps, elle a conquis mon cœur,
Mais l'assassin y avait planté ses aiguilles.
Je ressasse sans cesse mes larmes et ma rancœur,
Tandis que mon espoir lentement vacille.

Il agonise, n'en finit pas de trépasser.
Et bien que condamné, il se bat avec courage.
Il est semblable aux belles fleurs sauvages
Qui s'épanouissent sur les ruines délavées.

Plus je les cueille, et plus elles repoussent.
Plus je m'en détourne, et plus elles m'attirent.
Même ma douleur lui donne des secousses,
Elle le supplie, mais il ne veut pas mourir.

Et si elle cherche encore à le braver,
Il s'embrase alors dans un immense incendie,
Où tout d'Elle vient à nouveau me hanter.
Elle, ma souffrance, mon espoir, mon paradis.

Entre raison et sentiments

L'arbre est tellement rongé de l'intérieur
Que nos cœurs sont des fruits parasités,
Condamnés à vivre dans la pâle lueur
Que nous impose la multitude coalisée.

Le soleil est pourtant haut dans le ciel,
Mais elle s'en protège et ne le voit pas.
Elle préfère creuser ses maudits tunnels,
Qui nous minent lentement de leurs « pourquoi ».

Ne peut-elle donc laisser nos âmes tranquilles ?
Elles qui n'inspirent simplement qu'à s'aimer.
Mais non ! Il faut que cet essaim incivil
S'y attaque jusqu'à nous faire renoncer.

Il se plaît à s'immiscer dans nos têtes
Jusqu'à nous torturer de remords,
Et chaque jour charge un peu plus nos dettes,
Que nous expions en acceptant nos torts.

Alors notre raison vaincue se plie,
Bâillonnée dans cette cage dorée,
Tandis que nos sentiments s'enfuient,
Témoins inconsolables de nos amours écartelées.

Le vœu inexaucé

Génie, surgi de ta lampe poussiéreuse,
Toi qui m'es apparu en me vantant ta magie,
Sache que mon âme n'est même pas heureuse,
Car il n'existe aucun remède à sa maladie.

Je ne veux ni pouvoir, ni gloire, ni argent.
Je désire mettre du soleil dans mes sentiments.
Rien de ce qu'implorent tous ces pauvres gens
Ne m'intéresse ni ne m'apaise à présent.

Ce que je veux est simple, mais inespéré.
Même pour toi, ce rêve est inaccessible.
Et ce n'est pas avec tes passes improvisées
Génie, que tu atteindras ma belle cible.

Rien de ce que je souhaite ne se monnaie,
Ne se vend, ne s'échange ou ne s'achète.
Tes pouvoirs se changent en tours de cabaret
Face à mes désirs sincères et honnêtes.

Alors, retourne donc dormir dans ta lampe,
Toi qui ne peux exaucer ma prière,
Et laisse-moi en proie à mes chères crampes
Qui rongent mes nuits et mes jours de misère.

L’âme blessée

Mon cœur est une île cernée de falaises découpées,
Dont les plages de sable ont été emportées
Par le souffle des tempêtes perpétuelles,
Le rugissement des marées et les pluies continuelles.

Les éléments y ont causé de tels dégâts,
Qu’aucune sirène n’ose plus s’aventurer là.
Il se détache de la brume des écueils incertains,
Où se brisent les complaintes des marins.

Et pourtant, tu as navigué jusqu’ici !
La terre semblait alors couverte de prairies,
Les fleurs embaumaient l’air iodé
Comme dans les fables ou les contes de fées.

En voyant une crique solitaire,
Tu as hésité à déposer là tes mystères,
Mais attirée par les voix du continent,
Tu as repris ta route vers des soleils plus brillants.

Depuis, l’île dépérit comme un enfant malade,
Toussant sa solitude dans un crachin maussade ;
Et comme frappée par cet incurable mal,
Elle sombre peu à peu vers les profondeurs abyssales.

Les pensées maladives

Je dois vivre dans une sorte de fosse,
Au beau milieu d'un monstrueux tas d'os,
Parmi toutes mes idylles décomposées,
Où la vermine doit bien s'amuser.

Je croyais à la délivrance, à la trêve.
Il y avait en moi tellement de beaux rêves,
Qu'aveuglé, j'ai cru me voir en bien.
Je me suis imaginé être enfin quelqu'un.

Mais hélas, je n'étais pas sur le chemin,
Je continuais à creuser mon trou, sans fin.
Et quand dans ma mémoire tu t'es mise à pleurer,
Dans le miroir de chaque larme, je me suis regardé.

Je n'ai vu qu'un fantôme transparent,
Informe et maigre, ni petit, ni grand,
Qui croyait que grâce à toi, il serait beau,
Alors qu'il n'était qu'une tâche sur la blancheur des os.

Les étrangers

Nos paroles vont-elles un jour se tarir
Comme une source sous le feu de la canicule,
Parce que le temps fige nos sourires
Et nous envahit de sa voix incrédule ?

Pourra-t-on retrouvé sous la poussière
Ces dessins tracés sur le sable du désert ?
Et tous ces chemins, ces rêves et ces rues,
Qu'ensemble nous avons jadis parcouru ?

Je crains toutes ces saisons tristes et glacées
Et ces mauvaises herbes qui rongent le passé.
Elles grandissent dans l'espoir d'un futur meilleur,
Mais déracinent les fleurs qui en sont les couleurs.

Elles se nourrissent de nos habitudes,
De notre sommeil et de nos certitudes,
De nos plaisirs qui baissent la garde,
Et de nos souvenirs abandonnés par mégarde.

L'oubli sera-t-il notre seule destination ?
Vivra-t-on enfermé chacun dans sa prison ?
Et cette angoisse ne fait que me hanter :
Deviendrons-nous de simples étrangers ?

Les limbes

Doit-on à présent se maudire,
S'inventer des raisons pour se détester,
Afin d'évincer ces oppressants souvenirs
Qui deviennent trop lourds à supporter ?

Ou bien doit-on sombrer dans l'indifférence,
Se frôler sans un mot comme des passants,
À jamais congédier notre chère innocence
Qui nous porte encore au-dessus du néant ?

Non ! Je ne veux pas renier mes pensées
Ni te sacrifier au temps et à l'habitude.
Je ne peux renoncer à tous mes sentiments,
Où désormais tu règnes sur la plénitude.

Et si un soir je devais suivre le soleil
Dans sa traversée du royaume des enfers,
Et qu'il m'abandonnait sans l'espoir du réveil,
Que crois-tu que je regretterais sur cette Terre ?

Certainement pas cette humanité malfaisante
Qui survit dans son monde violent et insensé.
Ni toutes ses paroles criardes et humiliantes
Qu'elle a craché sur nos désirs de liberté.

Non ! Je n'emporterais pas tous ces fardeaux malsains,
Mais je te regretterais toi, ma tendre lumière
Comme toutes ces étoiles filantes qui soudain
Sont venues éclairer mes nuits d'hiver.

Mon ange

Un jour sur mon chemin, j'ai croisé un ange,
Ces êtres paraissent familiers et étranges ;
Pourtant, ils ne peuplent pas le paradis,
Mais dans ce bas monde veillent sur nos vies.

Je me souviens la première fois que je l'ai vu,
Je suis passé à côté, je ne l'ai pas reconnu.
Puis j'ai ressenti dans son regard sibyllin
Cette tendre chaleur qui manquait au mien.

Timidement, je me suis approché de lui
Et osant lever la tête, je lui ai souri.
Dès lors, j'ai su qui il était
Et plus le temps passait, plus je l'adorais.

Pourtant un soir de printemps,
Il a quitté le monde des enfants.
Mais je sais qu'il continue à veiller sur moi
Et je le prie dès que dedans j'ai froid.

Des mois durant, j'attends qu'il m'apparaisse,
Qu'il réconforte le mendiant dans sa tristesse.
Jamais je ne pourrai lui rendre ce qu'il m'a donné,
Mais je porte en moi autant de parcelles d'éternité.

L’étoile

Ma campagne

Je m'en irai par les chemins,
Rêvant de soleil,
M'enivrant de parfums,
Pour en admirer toutes les merveilles.

J'irai m'asseoir sous un chêne,
Contemplant un champ de blé doré,
Ou écoutant le chant des fontaines
En me laissant doucement bercer.

Je reverrai toujours à l'horizon
Se dresser le clocher du village,
Le son des cloches rythmer les saisons
Et l'angélus s'égarer dans les pâturages.

Toutes ces images, ces impressions
Sont les trésors de mon enfance
Et je m'en souviens avec la même émotion
En revoyant ma campagne, ma délivrance.

Quand l'été s'en va

Les bouffées de l'avant-garde automnale
Attristaient les toits encore chauds des maisons,
Et les champs, toujours ivres de soleil,
Brûlés par un été sec et cannibale,
Attendaient en silence le temps de la libération
Où enfin sonnerait l'heure du réveil.

Comme de vieilles paysannes cassées par le labeur,
Les haies courbaient l'échine par manque d'eau
En laissant désespérément leurs feuilles fripées
Et fatiguées tomber vers le sol avec langueur.
Des terres poussiéreuses, je devinais même les os
En voyant toutes les rocailles stériles affleurer.

En levant les yeux, je contemplais la palette d'un peintre,
Admirant parfois les couleurs chatoyantes des beaux jours,
Qu'assombrissaient en un instant des trous de grisaille.
On aurait dit une veste d'azur mitée sur un vieux cintre,
Étirée, partagée entre deux saisons, qui toujours
À cette époque indécise, se livrent bataille.

Mais lorsque l'astre de lumière, arbitre de cette lutte,
Paraît enfin à l'orée d'un nuage blanc,
Illuminant de sa splendeur un liseré d'or,
Ses lances flamboyantes atténuent la dispute
Et apaisent alors ce paysage troublant,
Qui redevenu obéissant, au crépuscule s'endort.

Un soir de novembre

Des blessures fendaient le crépuscule
En cette saison que j'aime pour sa délicatesse,
Où progressivement le paysage bascule
Dans l'antichambre de l'hiver, revêtu avec finesse.

Je marchais dans l'atmosphère froide du jardin
Écoutant le bruit de mes pas sur le gravier,
Tandis qu'au loin aboyaient quelques vieux chiens
Dans des cours sans vie de fermes isolées.

Tout près, le bosquet frileux d'acacias
Portait encore ses vestiges des beaux jours ;
Des feuilles égarées, que l'automne sans doute oublia,
Et que ces arbres retenaient avec amour.

Dans le bleu qui commençait à descendre du ciel
Comme un beau flot fluorescent et vaporeux,
Je devinais les ombres des fumées sempiternelles,
Que les cheminées soufflaient dans ce silence ténébreux.

Je m'arrêtais, profitant de ce calme fascinant
Pour contempler, par cette pâle lueur, la campagne s'endormir.
Et déjà sur l'herbe apparaissaient des cristaux blancs
Qui figeaient cette scène dans la belle nuit à venir.

Un matin d'hiver

Quand parmi la nuit l'aube s'immisce,
Aussitôt, les étoiles gémissent.
Leur ardeur s'amenuise, leur éclat s'éteint,
Finie folie nocturne, maintenant le jour vient !

Dans le lointain, d'étranges pinceaux
Griffent la toile obscure du tableau,
Ouvrant ainsi des fissures rouges béantes,
D'où pendent des rubans, formes languissantes.

Plus bas, émergent les têtes hébétées
De quelques sapins, bouleaux et peupliers,
Qui au-dessus des fumées stagnantes
Sortent d'une léthargie troublante.

À leur pied, les herbes, les haies et les fougères
Dorment sous leur couverture de brume légère,
Bien à l'abri du jour et des indiscrétions,
Ignorant l'hiver, confinées dans ce soyeux cocon.

Un crépuscule d’hiver

Lorsque le soleil rouge
S’enfonce dans la nuit,
La lune sans un bruit
S’illumine, rien ne bouge.

La nature s’endort
Et les pensées s’éveillent
Dans de lointains soleils,
Des milliers d’astres d’or.

Le vent freine son souffle,
Il écoute attentif
Les murmures chétifs
Que l’écho emmitoufle ;

Puis câline les visages
Des blanches fumées,
Qui se prennent à rêver
Comme des enfants sages.

Usant des émotions
Tel un breuvage sacré,
Il imprégnait d’idées
Mon imagination.

Les cygnes du lac

Sur l'onde bleu azur de lointains rivages,
Où semble s'abolir le cours du temps,
Nageaient deux cygnes au pâle plumage,
Que les reflets habillaient de brillants.

Comme des êtres à la fragilité surréaliste,
Ils décuplaient leur beauté naturelle ;
C'est que le lac, amoureux idéaliste,
Protégeait jalousement ces demoiselles.

Il leur susurrait dans un léger clapotis
La douceur et la clémence de ses flots,
Afin que ses muses restent auprès de lui
Et apaisent la solitude de ses eaux.

Il leur vantait sans fin sa passion,
Leur parlait tout bas de liberté,
Ainsi partageraient-elles l'ambition
De s'unir à leur délicat fiancé.

Il usait d'un charme incomparable,
Auquel même le soleil était sensible :
Il rougissait sur une plage de sable,
En surprenant ces amants impossibles.

Évasion

Je sacrifie tout de moi
Et pourtant cela ne sert à rien !
Ne serais-je pas mieux là-bas,
Dans une ferme, au bout d’un chemin,

Loin d’un monde impossible ?
Ou sur des cimes enneigées
De montagnes inaccessibles
À regarder le temps passer ?

En compagnie d’un bon chien,
Je me ferai berger.
Je scruterai les forêts de sapins
Sans tracas à ruminer.

Je vivrai avec la nature,
Le chant des oiseaux ou le silence,
Inventant chaque jour mon futur
Au rythme des transhumances.

Là-haut, je boirai l’air vif
Comme une eau de jouvence,
Prenant le temps, contemplatif,
De savourer mon existence.

Nuit d'été

À la vie !
Dans ses composantes
matérielles et subtiles

C'est l'heure où tombe le jour
Et se lève la douceur de la nuit,
Faisant taire tous les bruits sourds
Qui peuplent le tumulte des soucis.

C'est l'instant où le silence
Apaisant enveloppe les prairies,
Tel l'écho de la délivrance
Réveillant des mondes bannis.

C'est le moment tant attendu
Où fleurissent les pensées ;
Où la volupté éclose des nues
Soulage les âmes tourmentées.

C'est l'époque où s'éveille
Une nature vierge d'humanité,
Distillant dans son sommeil
L'écume pétillante des blés.

C'est la saison où le crépuscule est beauté,
Où il donne un souffle nouveau à la vie.
Ce sont les tièdes soirées du mois de juillet,
Où dansent les papillons de la nuit.

Table des matières

FSC
www.fsc.org
PEFC
www.pefc-france.org

Imprimé en France
Achevé d'imprimer en août 2022
Dépôt légal : juillet 2022

Pour

Le Lys Bleu Éditions
40, rue du Louvre
75001 Paris